Chère Mamie au pays du confinement

Virginie Grimaldi

lePetitLittéraire.fr

Analyse de l'œuvre

Par Catherine Jacquemin

Chère Mamie au pays du confinement

Virginie Grimaldi

lePetitLittéraire.fr

Rendez-vous sur lepetitlitteraire.fr et découvrez :

Plus de 1200 analyses
Claires et synthétiques
Téléchargeables en 30 secondes
À imprimer chez soi

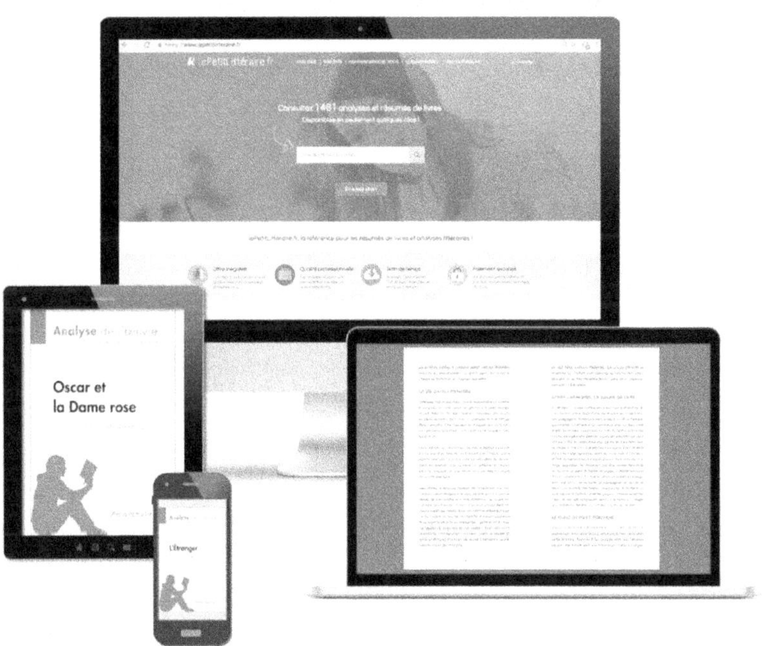

POUR ALLER PLUS LOIN 35

CHÈRE MAMIE AU PAYS DU CONFINEMENT

UN ROMAN ÉPISTOLAIRE

- **Genre :** roman épistolaire
- **Édition de référence :** *Chère mamie au pays du confinement,* Paris, Fayard, coll. « Le Livre de Poche », 2021.
- **1ʳᵉ édition :** 2020
- **Thématiques :** l'angoisse de la contamination, la peur de la maladie, le confinement : vivre enfermé et vivre toujours avec les mêmes personnes, les relations familiales.

Chère mamie au pays du confinement fait écho à un autre roman de Virginie Grimaldi écrit en 2018, soit deux ans plus tôt : *Chère mamie*. Les titres de ces deux ouvrages sont suffisamment explicites pour que nous comprenions d'emblée qu'il s'agit de romans épistolaires. En effet, les deux œuvres regroupent un ensemble de lettres écrites par « Ginie » pour sa grand-mère dans lesquelles la narratrice rapporte, avec beaucoup d'humour, sa vie quotidienne et sa vie de famille. Cependant, si ces romans ont des thématiques qui concordent, ils peuvent tout à fait se lire de manière totalement indépendante. Aussi pouvons-nous comprendre l'un sans avoir lu l'autre.

En 2019, un nouveau virus mortel est apparu en Chine et s'est propagé sur toute la Terre. Le 17 mars 2020, les Français se confinent pour une durée indéterminée afin d'éviter au maximum que la maladie ne se transmette. Dans le roman que nous allons étudier, le contexte de l'œuvre donne tout son sens à une correspondance puisque l'histoire se situe pendant ce confinement. En effet, durant cette période, la crainte du virus était omniprésente, ce qui a obligé toute la population française à se cloisonner chez elle. De ce fait, les gens ne pouvaient plus voir leurs proches et seuls les mots restaient pour tenter de réduire cet éloignement contraint, forcé et nécessaire. C'est donc à travers ces pages que l'autrice décrit avec humour et jour après jour son quotidien confiné à sa mamie, en tant que petite-fille, mais aussi en tant qu'épouse, en tant que mère et en tant que femme.

VIRGINIE GRIMALDI

UNE AUTRICE FRANÇAISE CONTEMPORAINE À SUCCÈS

- **Née en 1977 près de Bordeaux**
- **Quelques-unes de ses œuvres les plus récentes :**
  - *Quand nos souvenirs viendront danser* (2019), roman.
  - *Et que ne durent que les moments doux* (2020), roman.
  - *Les Possibles* (2021), roman.

Virginie Grimaldi est une autrice française contemporaine. Son envie de prendre la plume lui vient au moment où elle découvre les carnets de poème écrits par sa grand-mère.

En 2009, elle prend la décision de rendre ses écrits publics. C'est sous le pseudonyme de « Ginie » et sur son blog « Femme sweet Femme » que Virginie rédige des billets humoristiques. Sa popularité grimpant, elle franchit le pas et publie son premier roman en 2015, intitulé *Le Premier Jour du reste de ma vie*. Premier livre, premier succès fulgurant : son ouvrage devient rapidement un bestseller. S'ensuit alors une carrière prolifique avec un roman publié chaque année. Rapidement reconnue par un grand nombre de lecteurs, Virginie Grimaldi est la romancière française la plus lue en France.

De mars à mai 2020, pendant 55 jours, l'ensemble des Français se retrouvent confinés chez eux afin d'empêcher la propagation du Covid-19 et c'est ainsi que nait *Chère mamie au pays du confinement*. C'est dans ce contexte sanitaire anxiogène que Virginie Grimaldi commence à écrire sur les réseaux sociaux des posts sous la forme de « lettre à mamie ». En voyant son travail engendrer des réactions favorables de la part des internautes, elle choisit de poursuivre sur sa lancée et d'essayer de poster un texte par jour, et ce, tout au long du confinement. C'est en regroupant l'ensemble de ses posts dans un livre que ce roman a vu le jour. L'autrice a pu agir pour les soignants en reversant la totalité des fonds récoltés par la vente de son roman à la fondation des hôpitaux de Paris.

RÉSUMÉ

La construction de ce roman fait penser à un journal intime :

- avant chaque lettre, nous retrouvons le décompte des jours du confinement avec, parfois, les ressentis qui l'accompagnent ;

- sur la double page qui suit se trouvent les lettres datées de Ginie à sa grand-mère, accompagnées d'une photographie qui illustre le récit ou l'enrichit.

L'ensemble des lettres sont écrites par Ginie, excepté trois d'entre elles :

- la toute première lettre est signée par l'autrice et fait office de préface ;

- la seconde est datée du 25 avril 2020 et a pour auteur le fils ainé de Ginie ;

- la dernière est la lettre qui clôture le roman. Elle est écrite par la mamie de la narratrice.

LA PEUR DU COVID-19

Dans beaucoup de lettres, Ginie exprime sa peur d'être contaminée par le virus.

Avec la pandémie, l'extérieur est devenu une source de danger potentiel et permanent. En effet, dans sa neuvième lettre, Ginie compare le fait d'aller au Drive à une aventure de Koh-Lanta. De même, tous les objets venant de l'extérieur sont soumis à un nettoyage intensif et méticuleux. Dans la lettre 12, la narratrice refuse même d'aller chercher dans son garage le colis de vêtements pour son bébé puisque le virus survit pendant neuf jours sur les surfaces. Les rapports avec les individus extrafamiliaux changent également, et lorsque sa voisine, Sophie, lui offre un bouquet de muguets pour le 1er Mai, celui-ci sera complètement désinfecté au gel hydroalcoolique. Ginie écrit que l'extérieur est synonyme de « danger » et que les autres sont devenus « des menaces » (p. 210). Cette vision se propage jusque dans l'inconscient, puisque lorsqu'elle regarde des films, la narratrice a tendance à vouloir asperger les acteurs qui s'approchent trop les uns des autres. Notre roman illustre ainsi cette frayeur de l'extérieur.

La crainte d'avoir été contaminé par le virus sans le savoir et malgré toutes les précautions prises est aussi un des sujets du livre. Dès la seconde lettre, Ginie prend sa température à tout bout de champ, jusqu'à ce que son thermomètre rende totalement l'âme le 6 avril 2020. Le matin du 1er avril, la fraicheur fait frissonner Ginie qui pense alors immédiatement à la contamination. Le moindre symptôme est associé au Covid et synonyme d'inquiétude et d'angoisse.

Cette crise sanitaire s'accompagne de tout un lot de peurs en lien avec des changements induits par le virus. Ainsi, dès le troisième jour de confinement, Ginie craint davantage que son fils se blesse, car les urgences sont à ce moment-là surchargées. Nous retrouvons également la peur de manquer avec l'achat en masse, la congélation de rouleaux de papier toilette et de poux (au cas où il y aurait une pénurie de nourriture). Si la vision sur le monde a changé, c'est parce que celui-ci a subi des transformations nouvelles et imprévisibles.

La peur d'être contaminée est omniprésente, amène à une vigilance excessive et extrême ainsi qu'à l'anticipation quant à des scénarios apocalyptiques. Ce roman témoigne d'une époque où la maladie était découverte depuis peu, où les êtres humains ne savaient pas encore exactement ce qui les attendait et où ils n'avaient pas d'armes pour se défendre.

LES CONSÉQUENCES DU CONFINEMENT : ENTRE BONNES RÉSOLUTIONS ET ÉCHECS PERMANENTS

Avec le confinement, Ginie est obligée de donner des cours à son fils. Elle décide d'être une bonne enseignante, mais c'est compliqué parce qu'il est très dissipé. Sa peur de départ qui consistait à penser qu'elle ne serait pas à la hauteur par rapport à ses propres lacunes se métamorphose en un combat où le plus dur est de capter l'attention de son enfant.

Dans un autre registre, mais toujours sur le même thème : Ginie prend trop de poids à cause du confinement, elle décide alors de se mettre au sport. Cependant, l'ensemble de ses tentatives échouent, ce qui la décide à abandonner l'idée (par exemple, lorsqu'elle prend un cours en ligne avec un coach, elle finit par se retrouver en petite culotte devant son voisin sur sa terrasse parce qu'elle meurt de chaud).

De même, en raison du confinement, Ginie s'essaye à de nouvelles activités parfois par nécessité (parce qu'un certain nombre de professionnels sont fermés et que les individus sont confinés), parfois par choix. Étant donné que les coiffeurs sont fermés, elle décide de les remplacer dans sa maisonnée. Cependant, chaque tentative amène à un échec. De même, elle essaye de passer le temps en cherchant à élargir son spectre de compétences. Elle tente de développer ses talents de cuisinière, mais d'après l'avis de son mari, ses efforts ne sont pas concluants. Elle se tourne alors vers la couture et, si elle arrive à confectionner des masques en tissu et qu'elle en tire une fierté non dissimulée, ses rêves de carrière se brisent lorsqu'elle confectionne un pantalon qui ne peut être porté que par un être humain doté de deux pieds gauches.

Le confinement amène les individus à endosser de nouvelles responsabilités et peut les conduire à vouloir prendre de bonnes résolutions. Néanmoins, ce que montre notre roman, c'est que dans tous les cas de figure et malgré les bonnes volontés de Ginie, ces résolutions ne deviendront jamais de nouvelles habitudes. Autrement dit, le confinement ne métamorphosera pas la narratrice.

DES RELATIONS QUI SE DÉTÉRIORENT AVEC SES PROCHES ET AVEC SOI-MÊME

Au départ, Ginie trouve que c'est une chance de pouvoir passer tout ce temps avec sa famille. Cependant, elle s'aperçoit très vite que ce mode de vie ne lui correspond pas. Être enfermée avec ses enfants l'épuise et son mari l'agace.

En ce qui concerne son plus grand fils, il occupe donc la majeure partie de son temps, ce qui ne fait pas du bien à son estime et donc à la relation qu'elle entretient avec lui. En effet, il n'y met pas du sien et il lui arrive plusieurs fois de souligner l'aspect physique de sa mère de manière péjorative en lui rappelant son poids, son âge et ses défauts (d'après lui, elle serait aussi grosse que Bowser, elle risquerait de bientôt mourir parce qu'elle a des cheveux blancs et le contraire de « belle » serait « maman »). Aussi, au trente-et-unième jour du confinement, elle essaye de se débarrasser de lui comme d'un objet en écrivant une lettre à l'instar des annonces sur Le Bon Coin, accompagnée d'une photographie de son fils s'étant mis à faire de la batterie.

Son fils n'est pas content non plus de la relation qu'il entretient avec sa mère pendant le confinement. Ce mécontentement se révèle à la lecture de la lettre qu'il a écrite pour son arrière-grand-mère. Dans celle-ci, il se plaint de sa maman qui n'arrête pas d'être derrière son dos alors que lui voudrait être tranquille, qui cherche à l'occuper avec des activités qu'il juge inintéressantes et qui a un côté dictatorial en voulant imposer ses exigences à toute la famille.

Le bébé est aussi une source de calvaires, et ce, même s'il ne parle et ne marche pas encore. À partir du moment où il arrive à rouler, il se déplace partout dans la maison.

Lorsqu'il parvient à se mettre à quatre pattes, il part à la découverte de cet univers en touchant et en renversant tout ce qu'il trouve.

Ginie en vient donc à réifier ses propres enfants et à regretter que son corps ait subi les dommages des grossesses au vu du peu de considération qu'ont ses fils pour elle (se disant pour le plus grand, par exemple, que vu les bonds qu'il fait sur le trampoline, elle aurait mieux fait d'accoucher d'une balle de tennis que d'un bébé de 3 kg).

La relation maritale n'est pas non plus idyllique pendant le confinement. Le mari ne manque pas une occasion de faire des blagues sur l'aspect physique de sa femme (lui rappelant sur le ton de l'humour, par exemple, le fait qu'elle devrait s'épiler). Il n'hésite pas non plus à rire lorsque leur fils tient des propos péjoratifs sur Ginie ou lorsqu'elle commet des maladresses. Aussi la narratrice en arrive-t-elle à ne plus supporter son époux. Le moindre aspect de sa personne l'exaspère : quand elle joue à Candy Crush, elle ne supporte pas de l'entendre respirer. Cet agacement réciproque conduira le couple à souvent chercher des papiers pour divorcer sur Internet.

Le fait d'être confinée et d'être bloquée avec les mêmes individus entraine aussi une détérioration physique et psychique chez Ginie. Elle prend du poids, ne prend plus soin d'elle et change d'habits seulement pour troquer un pyjama contre un autre. De même, sur le plan mental, elle confie à plusieurs reprises à sa grand-mère le manque de stimulation intellectuelle qu'elle subit à force de vivre avec les mêmes personnes, rendant son cerveau de plus en plus hermétique à toute forme d'intelligence.

L'ensemble de ces détériorations et de ces ressentis se retrouvent expliqués par des professionnels et par Ginie vers la fin du confinement. Y est abordé le fait que l'être humain n'est pas fait pour vivre enfermé avec les mêmes personnes et a besoin de solitude pour se ressourcer.

ÉTUDE DES PERSONNAGES

GINIE

Ginie est l'autrice des lettres, et donc la narratrice principale de l'histoire. De ce fait, nous ne voyons le monde et les évènements qu'à travers ses yeux et ses ressentis. Cependant, alors qu'elle pourrait brosser un tableau d'elle-même édifiant, il n'en est rien. L'image qu'elle donne de sa personne à travers les anecdotes qu'elle raconte est tout sauf flatteuse. En effet, Ginie représente à la fois la mère, l'épouse et la femme. Néanmoins, elle n'excelle dans aucun de ces rôles.

Une mère parfaite dans un corps parfait ?

Elle n'a pas le caractère qui correspond à celui de l'image que l'on se fait de ce que doit être une mère : elle perd vite patience et punit ses enfants à la moindre vexation, est injuste et mauvaise perdante. Elle veut également le monopole de leur affection et est jalouse quand ils paraissent préférer leur père. De plus, elle ne parvient pas à capter leur attention, à susciter de l'admiration ou à se faire respecter par eux (même le plus petit lui tire les cheveux et les poils des aisselles). De même, au lieu d'encourager son fils pour ses prouesses sportives, elle se compare à lui, le maudit, se venge ou le punit (dans un souvenir raconté, elle nous dit lui avoir fait un crochepied sous le coup de la frustration).

Sur le plan physique également, elle ne cache pas la réalité. Ginie a un corps de mère, déformé par les accouchements : sa cicatrice due à la césarienne est encore sensible et elle doit porter des culottes taille haute et gigantesques tandis que ses seins sont devenus comme des figues séchées.

Il faut également veiller à ce que nous raconte Ginie. En étant la narratrice principale, nous n'avons que sa version des faits et elle ne nous dit pas forcément toujours la vérité. Il est donc important de rester attentif quant aux détails.

Aussi, alors que son discours peut nous laisser penser qu'elle fait tout son possible pour attirer l'attention de son fils en cours, on remarque grâce à une parole rapportée de son enfant qu'en réalité, elle n'est pas toujours très sérieuse. En effet, il paraitrait qu'elle ronfle pendant les séances de cours. De même, lorsque son fils écrit un SMS pour demander de l'aide à son arrière-grand-mère parce qu'il ne supporte plus sa mère, nous nous rendons compte qu'il peint un portrait d'elle très infantilisant : elle est tyrannique en imposant ses caprices et ses états d'humeur à toute la famille, elle est impulsive et égoïste, elle est impatiente et n'arrive pas à se retenir de manger la pâte à gâteau lorsqu'elle cuisine.

Par tous ces aspects, elle est loin d'être la mère parfaite physiquement et mentalement et elle parait parfois plus enfantine que ses propres enfants.

Une femme belle et intelligente
qui ravira de bonheur son mari ?

Nous comprenons très vite que Ginie ne correspond pas du tout au stéréotype de la bonne épouse : elle ronfle, elle ne sait ni faire à manger, ni coudre, ni s'occuper « correctement » de ses enfants et n'a pas l'air d'être une fée du logis. Nous pouvons aisément supposer ce dernier point, grâce à un passage du livre. En effet, lorsqu'elle s'ennuie pendant le confinement, Ginie range de fond en comble sa maison et regrette que sa mère ne puisse pas le constater. En voulant l'épater sur ce point, nous comprenons que ce rangement doit être quelque chose d'exceptionnel.

De même, Ginie n'est pas non plus la femme parfaite physiquement et les descriptions qu'elle donne d'elle-même sont loin de faire rêver les hommes (si toutefois nous partons du postulat que ceux-ci recherchent des femmes qui correspondent aux stéréotypes de la beauté) : ses poils l'envahissent des pieds à la tête, sa masse corporelle a doublé de volume, ses sous-vêtements et son corps sont loin d'être sexys et elle n'est plus toute jeune (son périnée la lâche, elle a des cheveux blancs et des rides).

De plus, Ginie est très tête en l'air, maladroite au possible, une peureuse invétérée (elle est hypocondriaque, claustrophobe ainsi que sujette à l'anxiété et au stress). En somme, elle ne parait être douée en rien et n'avoir aucun talent particulier.

LE MARI DE GINIE

Dans les écrits de Ginie, son mari n'apparait pas comme un époux compréhensif et attentionné. Plutôt que d'être compatissant avec sa femme, il se moque d'elle à plusieurs reprises (sur son physique, sur son âge alors qu'il a un an de moins qu'elle ou sur les situations engendrées par les maladresses de sa femme) et il n'est pas toujours prompt à l'aider.

De même, plutôt que d'être un père qui se placerait du même côté que son épouse, il ne prend pas sa défense quand leur fils la met dans l'embarras et au contraire, il va même jusqu'à rire des impertinences qu'il prononce. Nous sentons que Ginie ne lui fait pas vraiment confiance en tant que père puisque, par exemple, quand le plus grand des enfants a des poux, elle pense avant tout à une négligence de la part de son mari en le soupçonnant d'avoir mal rincé la tête de leur fils.

Dans le SMS de ce dernier à son arrière-grand-mère, on découvre également un père plutôt lâche qui essaye de fuir les situations où il faut faire des activités en famille, mais qui n'y arrive pas à cause du chantage et des menaces de sa femme. Il finit donc par céder aux caprices de son épouse.

LE BÉBÉ DE GINIE

Objectivement, nous ne savons pas grand-chose sur lui. Il a huit mois, il grandit, rampe puis roule puis marche à quatre pattes en explorant toute la maison, ses dents sortent, il réveille ses parents la nuit, tire les cheveux ou les poils d'aisselles de sa mère et commence à prononcer des syllabes vers la fin du confinement.

Même s'il ne sait ni parler ni marcher, ça n'empêche pas sa mère d'interpréter certains de ses gestes et de lui attribuer un caractère malgré tout. Elle pense, par exemple, que s'il pouvait parler, il l'aurait insultée le jour où il a fêté son huitième mois parce qu'elle lui aurait servi une purée de brocolis.

Sachant que Ginie calque sur lui ce qu'elle pense, alors qu'il n'est même pas en capacité de s'exprimer, il se retrouve être le personnage qui représente le mieux la vision purement subjective du monde qui nous est donnée par le biais des lettres et il nous montre à quel point il est nécessaire de prendre du recul par rapport à ce qui y est dit. En somme, il ne faut pas prendre tout pour argent comptant.

LE FILS DE GINIE

Dans les écrits de Ginie, il apparait comme étant un enfant de presque 8 ans dissipé, irrespectueux, imprudent et très dépendant de ses parents.

De son côté, lorsqu'on découvre le SMS dont il est l'auteur, il apparait comme étant un enfant très mature et lucide sur qui est sa mère. Il a bien compris que Ginie faisait tout pour l'occuper alors que lui n'en avait pas envie (il sait très bien comment s'occuper tout seul), il révèle également le côté infantilisant de sa mère ainsi que son impulsivité, sa vantardise et son autoritarisme. Comme la plupart des enfants, il est plein d'énergie, blagueur, parfois mignon et innocemment méchant.

Il est également l'un des personnages qui permettent d'avoir du recul sur la situation. Sauf qu'à l'inverse du bébé, lui a une voix et il s'en sert pour contester la version subjective de l'histoire telle qu'elle nous a été racontée.

LA GRAND-MÈRE DE GINIE

Elle vit toujours avec son mari (papy) et apparait comme étant une personne forte et courageuse qui essaye de ne pas dramatiser face à la situation, même si nous sentons qu'elle supporte mal le fait d'être éloigné de sa famille et de ses proches. Pourtant, elle ne se plaint pas et essaye de voir son bonheur et sa chance malgré la situation. Elle est la personne à qui on demande de l'aide, puisque sa petite-fille et son arrière-petit-fils lui envoient des SOS. Ce qui nous amène à imaginer qu'elle a une certaine autorité dans la famille et est apte à désamorcer les situations compliquées.

Elle est le personnage qui représente le mieux les enjeux compliqués de la crise sanitaire et de l'éloignement : le temps passe (le confinement durera 55 jours) et les moments ratés avec une personne âgée sont d'autant plus frustrants qu'ils sont précieux. Par exemple, pour Pâques,

l'ensemble de la famille de Ginie se regroupe habituelle-
ment chez ses grands-parents. Le confinement ne permet
pas de se rassembler, aussi nous sentons à quel point la
tristesse s'empare de la matriarche qui craint, sans le dire,
de ne plus être là la prochaine fois. De même, lors du dé-
confinement, c'est la grand-mère qui prend la plume pour
écrire la dernière lettre du recueil, et dans celle-ci trans-
parait sa peur du temps qui a passé. Elle a, notamment,
peur de ne plus être reconnue par le petit dernier.

Elle est aussi la personne qui brise explicitement le quatrième mur, en cassant la barrière qui sépare habituelle-
ment la fiction de la réalité. En effet, elle explique à Ginie
qu'elle ne comprend pas comment des personnes ont pu
lire et commenter leurs échanges épistolaires. Ce qui fait
le pont entre notre réalité en tant que lecteur et la fiction
du roman.

GINIE OU L'EMBLÈME DU FÉMINISME

Ginie n'est clairement pas une héroïne, comme nous l'avons vu précédemment : elle n'est ni une femme parfaite, ni une épouse enviable, ni une mère au foyer idéale. En ce sens, elle endosse le rôle d'une antihéroïne, c'est-à-dire qu'elle ne suscite pas l'admiration du lecteur et ne donne pas envie de lui ressembler. Mais alors comment Ginie, qui est une antihéroïne, pourrait-elle être le symbole du féminisme ?

L'une des luttes du féminisme est de s'attaquer au sexisme. Le sexisme est défini comme une « attitude de discrimination fondée sur le sexe » (voir « sexisme », dans le *Dictionnaire de français Larousse*). Autrement dit, le sexisme, c'est lorsque nous associons des traits de caractère à un sexe et pas à une personne. Ils ont souvent pour origine des préjugés, des stéréotypes ou des croyances.

Par exemple, l'une des idées sexistes souvent véhiculées est celle de croire que parce que la femme donnerait la vie, elle aurait un instinct maternel et que, de ce fait, elle saurait instinctivement comment s'y prendre avec les enfants. De la même manière, il est compliqué pour beaucoup de sexistes d'accepter le fait qu'une mère n'aime pas forcément ses enfants. En ce sens, le personnage de Médée dans la mythologie grecque est extrêmement perturbant puisqu'il va à l'encontre des idées reçues sur les femmes et sur les mères. En effet, Médée tue ses enfants pour les donner à manger à leur père, Jason, pour se venger de lui. Sa manière d'être et d'agir fait de Médée une femme qui est aux antipodes des stéréotypes et des images féminines sexistes.

Pour revenir à notre œuvre, Ginie n'en est pas au même stade que Médée. Cependant, nous retrouvons une femme qui ne détient aucune caractéristique propre aux stéréotypes féminins. Bien au contraire, elle est finalement une femme comme une autre : qui vieillit, qui a des défauts, qui n'est pas parfaite, qui ne sait pas forcément cuisiner ou tenir un foyer, qui n'éprouve pas tout le temps de l'amour pour ses enfants et qui n'est pas en permanence aimante et gentille avec son époux. Il lui arrive de regretter d'avoir eu des enfants : les accouchements ont déformé son corps et sa progéniture ne montre aucune considération pour sa personne.

De ce fait, comme Ginie n'est pas une héroïne, mais bel et bien un être humain avec un nombre conséquent de défauts, l'identification devient possible. Sans pour autant vouloir lui ressembler, la personne qu'elle est correspond à ce qui est. Pour s'en assurer, il suffit de regarder le nombre de blagues partagées par les mères sur Internet pendant le confinement et nous y retrouverons les thèmes abordés dans notre œuvre (l'agacement envers leur famille, la difficulté de remplacer la maitresse d'école, etc.).

Ceci étant, le livre de Grimaldi permet de relativiser quant au rôle de mère, de femme et d'épouse : elles sont avant tout des êtres humains et, de ce fait, l'imperfection fait partie de leur nature. Pas la peine donc de culpabiliser pour atteindre des images véhiculées par des stéréotypes sexistes qui sont inatteignables.

Pour clôturer notre sujet, nous voyons aussi que l'autrice revient sur l'idéalisation de cette image stéréotypée. En effet, le confinement a obligé les femmes à vivre cloisonnées, leur redonnant en quelque sorte le rôle de « femme au foyer ». Il est donc temps d'en donner une vision réaliste et c'est ce que fait ce livre en montrant que :

- premièrement, être une femme au foyer n'est pas forcément stimulant, enviable et épanouissant (tout dépend des individus, mais en tout cas, ce type de vie est loin d'être facile) ;

- deuxièmement, ce n'est pas parce qu'on est une femme qu'on est forcément adaptée à ce type d'activités et qu'on excelle dans ce mode de vie.

L'IMAGINAIRE POUR SURVIVRE A L'ENFERMEMENT

Cette thématique est souvent abordée en littérature. Ce topos (lieu commun) littéraire se retrouve, par exemple, dans les ouvrages suivants :

- *Le Vagabond des étoiles* de Jack London. L'auteur américain de la fin du XIXᵉ siècle met en scène le personnage de Darrel Standing qui est enfermé pendant huit longues années et subit des tortures. Pour faire face à cette dure réalité, le protagoniste s'évade hors de la prison par la pensée ;

– *Le Joueur d'échecs* de l'écrivain autrichien du début du XXe siècle, Stefan Zweig, où nous suivons un protagoniste, emprisonné par des nazis, qui finit par jouer mentalement aux échecs contre lui-même.

L'être humain a donc une ressource inépuisable, qui lui permet de se projeter en dehors de la réalité, grâce à l'imaginaire.

Dans notre roman, Ginie usera à plusieurs reprises de ce procédé pendant le confinement. Aussi, lorsqu'un soir, elle va sortir les poubelles avec son mari, elle mobilise l'ensemble de ses sens pour s'émerveiller au maximum. Elle part dans des envolées lyriques et finit par déclarer que cette promenade a été l'une des plus belles de sa vie. De même, grâce à l'imagination, elle part au bord de la mer et nage dans l'océan jusqu'à ce qu'à force de faire du crawl, la barre du rideau de douche se décroche et manque de peu de l'assommer (ce qui lui fait dire que la prochaine fois, elle fera de la brasse).

Son imagination débordante l'emmène aussi sur les chemins de la rêverie et transforme chaque nouvelle activité en une véritable aventure qui lui permet d'envisager une nouvelle vie. Lorsqu'elle doit couper les cheveux de son fils, elle s'imagine que cet évènement la conduira à l'ouverture de son propre salon de coiffure et elle va même jusqu'à lui trouver un nom : « NIQUET AM'HAIR ». De la même manière, quand elle commence à cuisiner, elle s'imagine remporter Top Chef, tant et si bien que Philippe Etchebest abandonnera sa carrière en comprenant qu'il n'est pas à sa hauteur. La couture n'échappe pas non plus à son lot de rêverie et Ginie se prend pour Dolce Gabbana. Elle jure à tous ses proches qu'elle leur confectionnera des vêtements dignes de ce nom.

Malgré le confinement qui restreint les possibilités physiques, Ginie ne se laisse pas abattre et le psychisme prend la relève. N'étant bloqué par rien et n'ayant aucune limite, l'imaginaire permet d'aller bien au-delà de ce qu'il est permis de faire et ne se limite pas au domaine du possible. En somme, Ginie, grâce au pouvoir de l'imagination, s'envole vers de nouveaux horizons, bien loin de sa prison confinée. Faute de pouvoir vivre de vraies aventures, elle les imagine et elle sort de sa vie routinière et banale. L'imagination lui permet d'être n'importe où avec n'importe qui et de faire n'importe quoi.

Ginie est par ailleurs le reflet de l'autrice Grimaldi. La narratrice porte comme prénom le diminutif de celui de l'écrivaine, c'est également le pseudonyme que Virginie utilisait lorsqu'elle était blogueuse et le quatrième mur est brisé à plusieurs reprises dans notre roman, rétablissant le lien entre la fiction et la réalité. Aussi l'imagination de la narratrice évoque-t-elle celle dont fait preuve l'autrice. Virginie Grimaldi souligne explicitement le fait que l'écriture lui a permis de se « distraire » pendant ce confinement dans la préface (p. 10). Tout comme elle partage, dans cette même page, l'espoir d'avoir pu nous distraire par la lecture. Ainsi et plus généralement, l'auteur·rice a pour rôle d'imaginer un monde qu'il·elle retranscrit dans ses romans et le livre est un partage de cet imaginaire avec d'autres personnes : les lecteurs. De ce fait, l'imaginaire a permis à Ginie, à Virginie, mais aussi à l'ensemble des lecteurs de ce roman d'échapper à la réalité de l'enfermement du confinement pendant un instant et même d'aller au-delà de celui-ci, parce que, comme Umberto Eco le soulignera très justement : « Celui qui ne lit pas, arrivé à soixante-dix ans, n'aura vécu qu'une vie : la sienne ; celui qui lit en aura vécu au moins cinq-mille » (Maggiori R., « Umberto Eco, un esprit livre » [en ligne]). Autrement dit, le lecteur parce qu'il lit, vit plusieurs vies et peut fuir la sienne lorsque celle-ci est trop anxiogène.

L'HUMOUR DE GRIMALDI – UN REMÈDE CONTRE L'ANXIÉTÉ

Là encore, nous retrouvons une thématique qui est un topos littéraire. En effet, bon nombre d'histoires utilisent l'humour pour dédramatiser les situations, nous pouvons penser, par exemple, à :

- *Effroyables Jardins* de Michel Quint. Cet auteur français contemporain montre que même face à la mort, l'humour est salvateur ;

- *La Vie est belle* qui est un magnifique et célèbre film de Roberto Benigni, acteur et réalisateur contemporain italien. Dans ce film, le cinéaste arrive à rendre comiques des situations qui sont tout sauf drôles et il parvient à amener le rire jusque dans les camps de la mort.

Dans des évènements dramatiques, l'humour parait jouer un rôle non négligeable, et c'est ce que Virginie Grimaldi met en avant dans son roman.

En effet, l'autrice explique dans la préface sa volonté de nous distraire. Aussi, et pour ce faire, elle grossit les traits des évènements quotidiens afin de susciter l'amusement de son lectorat. Quasiment chacune des lettres de Ginie ressemble à un petit sketch et peut parfaitement être réutilisée à l'oral dans des one-woman-shows. Les anecdotes de sa vie quotidienne sont toujours racontées avec beaucoup d'humour, les réactions des personnages sont parfois démesurées et les histoires se clôturent, généralement, par des chutes. Par exemple, lorsque Ginie part dans une envolée lyrique lorsqu'elle sort à l'extérieur, nous ne savons pas tout de suite qu'il s'agit d'une promenade destinée à jeter les ordures et c'est lorsque son mari lui dit : « Calme-toi, on a juste traversé le jardin pour sortir la poubelle » (p. 56) que nous comprenons à quel point son emphase était exagérée. Le décalage entre nos croyances face au discours de la narratrice et ce qui est déclenche le comique de la situation.

L'humour permet de ne pas sombrer dans le désespoir et, comme le souligne parfaitement le proverbe « mieux vaut en rire qu'en pleurer », il nous permet de redevenir maitres des situations et de ne pas les laisser nous affecter. En somme, c'est le moyen de garder le contrôle sur les évènements qui nous échappent.

Le personnage de Ginie, par exemple, est beaucoup dans l'autodérision d'elle-même. Comme nous l'avons vu, elle donne une image peu flatteuse de sa personne et en exagère les aspects négatifs. Elle nous signifie, par exemple, que ses poils d'aisselle sont tellement longs qu'elle et ses enfants les utilisent dans des « ateliers scoubidou végan » (p. 34) ; de même, lorsque son voisin l'aperçoit en sous-vêtements sur sa terrasse, elle s'amuse à penser que vu la taille de ses poils sur les jambes, il aura surement cru qu'elle portait un pantalon. En grossissant le trait de ce qui pourrait être des complexes, la narratrice se réapproprie le ridicule des situations : plutôt que d'en être la victime, elle en devient l'actrice.

De ce fait, l'humour permet de se réapproprier les critiques et de les détourner de leur objectif : plutôt que de blesser, elles font rire ! En riant de soi-même, nous ne permettons pas aux autres de le faire et ce qui est de l'ordre de la moquerie devient de l'ordre de la comédie.

Dans la même veine, l'humour est un vrai rempart contre l'anxiété et une arme qui aide à mieux supporter les situations, et ce, autant individuellement que collectivement.

Là encore, la narratrice et l'autrice se rejoignent. En effet, le contexte du confinement était tout sauf comique : l'humanité se retrouvait face à un virus inconnu, extrêmement transmissible, qui touchait l'ensemble de la planète et qui était mortel. Personne n'y était préparé et les conséquences furent dramatiques : énormément de décès, des familles qui ne pouvaient pas faire correctement leur deuil, des hôpitaux surchargés, des personnels soignants à bout de souffle, des personnes âgées et des malades isolées, etc. En tant que citoyen lambda, il était très compliqué de se sentir utile et il était vite possible d'avoir un sentiment d'impuissance face à cette pandémie. Aussi Virginie, par le biais de Ginie, s'interroge sur sa légitimité à rire de la situation et dans la lettre du 28 mars, elle conclut sur l'idée que l'humour est « un bouclier, un partage, une parenthèse. Ça ne recolle pas le cœur brisé, ça ne dissout pas la peur, mais, l'espace d'un instant, ça ouvre une fenêtre dans nos bunkers, tant physiques que psychologiques » (p. 67). Autrement dit, l'humour est salvateur et, après tout, quand avons-nous le plus besoin d'être sauvés, si ce n'est dans les situations les plus compliquées et donc les plus dramatiques ?

PISTES DE RÉFLEXION

QUELQUES QUESTIONS POUR APPROFONDIR SA RÉFLEXION...

LE RAPPORT AU TEMPS DANS L'OUVRAGE

- Comment, stylistiquement et non stylistiquement, l'autrice parvient-elle à retranscrire l'ennui et la monotonie due au confinement ?

- Qu'est-ce qui nous donne l'impression que le temps s'est arrêté et quels sont les signes qui montrent que le temps passe ?

UN LIVRE ANCRÉ DANS UNE ÉPOQUE

- Lorsque nous lisons cet ouvrage, nous n'avons aucun doute sur le fait que l'autrice parle de notre époque. Pourquoi ? Pour vous aider, relevez les références culturelles, les expressions langagières et les sujets qui y sont abordés.

- Trouvez-vous que ce livre retranscrit correctement ce qui s'est passé pendant le confinement ? Justifiez votre réponse et relevez l'ensemble des termes qui font écho à ce qui s'est réellement passé durant cette période.

- Pensez-vous que les générations futures pourront mieux comprendre cette période grâce à ce livre ? Justifiez.

LE SUCCÈS D'UNE AUTRICE CONTEMPORAINE

- Seriez-vous d'accord pour dire que les ouvrages de Grimaldi se rapprochent de la *chick literature* et des romans *feel good* ? Définissez ces termes et donnez votre avis.

- Pourquoi, selon vous, les livres de Virginie Grimaldi plaisent-ils autant aux Français ? Est-ce que ce sont des critères qui vous plaisent en tant que lecteur ? Justifiez.

- Connaissez-vous d'autres livres ou histoires qui vous font penser à ce que fait l'autrice ? Pourquoi et sur quel point ?

POUR ALLER PLUS LOIN

ÉDITION DE RÉFÉRENCE

- GRIMALDI V., *Chère mamie au pays du confinement*, Paris, Fayard, coll. « Le Livre de Poche », 2021.

ÉTUDES DE RÉFÉRENCE

- LONDON J., *Le Vagabond des étoiles*, Phébus, coll. « Ligretto », 2000.

- MAGGIORI R., « Umberto Eco, un esprit livre », in *Libération*, consulté le 06/10/21. URL : https://www.liberation.fr/livres/2016/02/20/umberto-eco-un-esprit-livre_1434744/

- QUINT M., *Effroyables jardins*, Paris, Gallimard, coll. « Folio », 2004.

- ZWEIG S., *Le Joueur d'échecs*, Paris, Fayard, coll. « Le Livre de Poche », 2013.

- « sexisme », in *Dictionnaire de français Larousse*, consulté le 01/10/21. URL : https://www.larousse.fr/dictionnaires/francais/sexisme/72461?q=sexisme#71652

D'AUTRES ROMANS ÉPISTOLAIRES

- CHODERLOS DE LACLOS P., *Les Liaisons dangereuses*, Paris, Fayard, coll. « Le Livre de Poche – Classiques », 1975.

- GOETHE J., *Les Souffrances du jeune Werther*, Paris, Fayard, coll. « Le Livre de Poche – Classiques », 1999.

- GRIMALDI V., *Chère mamie*, Paris, Fayard, coll. « Le Livre de Poche », 2018.

D'AUTRES ROMANS SUR LES VIRUS

- CAMUS A., *La Peste*, Paris, Gallimard, coll. « Folio ».

- CAREY M., *Celle qui a tous les dons*, Fayard, coll. « Le Livre de Poche », 2018.

D'AUTRES ROMANS SUR LE CLOISONNEMENT D'ÊTRES HUMAINS

- KING S., *Shining*, Fayard, coll. « Le Livre de Poche », 2007.

- SARTRE J-P., *Huis Clos*, Gallimard, coll. « Folio Théâtre », 2019.

Votre avis nous intéresse !
Laissez un commentaire sur le site de votre librairie en ligne
et partagez vos coups de cœur sur les réseaux sociaux !

lePetitLittéraire.fr

- un résumé complet de l'intrigue ;
- une étude des personnages principaux ;
- une analyse des thématiques principales ;
- une dizaine de pistes de réflexion.

**Retrouvez
notre offre complète sur**
lePetitLittéraire.fr

L'éditeur veille à la fiabilité des informations publiées,
lesquelles ne pourraient toutefois engager sa responsabilité.

© LePetitLittéraire.fr, 2021. Tous droits réservés

www.lepetitlitteraire.fr

ISBN version numérique : 9782808023832
ISBN version papier : 9782808023849
Dépôt légal : D/2021/12603/31

Conception numérique : Primento,
le partenaire numérique des éditeurs.

www.ingramcontent.com/pod-product-compliance
Lightning Source LLC
La Vergne TN
LVHW010837200726

843508LV00012B/2632